KB067627

마음의 자유

행복이란 마음이 어디에도 얽매이지 않는 것

마음의 자유

정윤 지음

북로망스

나는 가끔 자유를 꿈꾼다.
삶의 고단함이 고통으로 느껴져 참을 수 없을 때,
모든 것을 내려놓고 나를 아는 이가 없는
아주 낯선 곳으로 가서

누구에게도,

그 어떤 것에도 구애받지 않고

혼자만의 시간을 온전히 보내고 싶다.

그러면 잠시나마 마음 편히 숨을 쉴 수 있을 것 같아서.

그러나

그것이 일시적 도피라는 것을 안다.

피난처를 찾아 휴식을 취하고 돌아온다고 해서

그 굴레를 완전히 벗어날 수 없다는 걸 안다.

마음처럼 살아지지 않는 게 인생이지만,
마음과 다르게 내가 아닌 모습으로
'척'하면서 애쓰고 살 필요도 없다.
불안과 고통은 늘 거기서 시작된다.

내려놓아도 괜찮다.

지나고 나면 많은 것들이 찰나의 감정일 뿐이니까.

많은 것을 가질수록 무엇이든 할 수 있고

행복에 가까워질 것 같지만,

사람은 잃을 게 없을 때
무엇이든 할 수 있는 대담한 용기가 생기며
어떤 것에도 얽매이지 않아
오히려 행복에 가까워질 수 있다.

그러니
아무것도 이룬 게 없다고 좌절하기보다
지금의 나를 온전히 인정하고 살아가기를.
지나간 일과 다가올 미래를 걱정하지 말고
얽혀 있는 관계를 붙잡으려 애쓰지 않기를.

가끔은
딱!
나만 생각하며
내가 아닌 것에 마음 쓰지 않고
온전히 자유로워지기를 바란다.

Contents.

1.

당신만의
시간을
살아가세요

2.

행복은 결국
작고
사소한 것

4.

천천히
걸어도
괜찮아요

1.

당신만의
시간을
살아가세요

나의
오늘에
집중하기

고민하며 보낸 시간들을
후회로 남기지 않으려면
현재에 집중하며 살아야 한다.

오늘 해야 하는 일들과
곁에 있는 소중한 사람들을
소홀히 대하지 말고

세상이 흔히 말하는 성공에
집착하지 않으며

내가 사랑하는 사람들과
오롯이 나만의 길을 걸으면 된다.

망설이거나 멈춰 서지 않고
나만의 시간을 보내면 된다.

그렇게 나만의 하루에
집중하며 살다 보면
후회를 잊어버릴 수 있다.

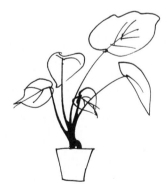

당신만의 시간을 살아가세요

오직
나를 위해
살아가요

타인에게 인정받기 위해
애쓰며 살기보다
나를 스스로 인정하는 삶을 살자.

타인의 관심에 신경쓰기보다는
내가 원하는 것에 관심을 갖자.

많은 사람들이 좋아하는 것을 따르기보다
내가 좋아하는 것을 충분히 즐기자.

나를 들여다보고 아껴줄 사람은
나밖에 없다.

남을 위해 나를 희생하지 말고
오로지 나를 위해 살아가자.

◇◇◇◇
◇◇◇

말에도
무게가 있다

쉽게 내뱉는 말에도 무게는 있다.

생각 없이 내뱉은 말은
그 무게가 가벼울 수밖에 없고
나를 우스운 사람으로 만들기도 하고
타인의 마음을 다치게 하기도 한다.

한번 입 밖으로 나온 말은 주워 담을 수 없고
그로 인해 벌어지는 일도 되돌릴 수 없다.

하지 않아야 하는 말은 참고
해야 할 말은 분명히 해야겠지만

말은 길지 않을수록 좋고
많이 하지 않을수록 이롭다.

보이지도 않는 가벼운 말로 인해
삶의 무게를 애써 짊어지지 말자.

언제나
변화를 향해
움직여요

살던 대로 살아야 한다는 말은
사람이 갑자기 변하면 죽는다는 말은
그냥 흘려 듣기를 바란다.

살던 대로 살라는 말은 변하지 말라는 말이다.
변하지 말고 그 자리에 정체되라는 말일지도 모른다.

그때의 흐름에
나의 상황에 맞게
언제나 변화해야 한다.

오늘보다 더 나은 내일을 위해
끊임없이 노력하고 움직여야 한다.

지금까지 살던 대로 멈춰 있지 말고
앞으로 살고 싶은 대로 움직이자.

우리
모두
외롭다

가끔은 나도 나를
이해하지 못할 때가 있지만
세상에서 나를 가장 잘 아는 사람은
나밖에 없다.

누구도 나에게 힘이 되지 않는다고
어디 하나 기댈 곳이 없다고
아무도 나를 이해해주지 않는다고
불평할 필요 없다.

모두가 외롭지만 홀로 살아가고 있다.
다만 잠시 더불어 살아가는 것뿐이다.

당신만의 시간을 살아가세요

◇◇◇
◇◇◇
◇◇◇

웃으면
행복이
와요

행복은
삶을 대하는 태도에 따라 그 크기가 결정된다.

웃지 못할 상황에도
꼭 웃어야 하는 것은 아니다.

화가 나는 일을 맞닥뜨려도
참아야만 하는 것은 아니다.

그렇지만 언제나 웃는 사람은
그냥 좋아서 웃는 게 아니라
웃음으로 불행을 걷어내는 것이다.

삶이 언제나 아프고 괴롭다면
매사에 불평만 늘어놓으며
안되는 이유만 생각하고 있지 않은가 돌아보자.

◇
◇
◇

원하는
것을
얻는 법

간절하지도 않으면서
말로만 무언가를 원한다면
그건 꿈이 아니라 욕심이다.

무언가 되고자 한다면
무엇을 얻으려고 한다면
온 힘을 다해야 한다.

타인의 말에 휘둘리지 않고
내가 생각한 대로
내가 원하는 대로

무엇에도 흔들리지 않고
사력을 다해야 한다.

아무것도 하지 않으면서
되는대로 살면서
무언가를 얻으려는 건
욕심일 뿐이다.

주변을
너무
의식하지 마세요

단순한 사람이 성공하는 법이다.

생각이 많은 사람의 눈에는
단순한 사람이
자칫 생각이 없는 것처럼
보일 수도 있지만

어려움에 봉착했을 때
거기에 불필요하게 오래 머물거나
그 시간을 붙들고 고민하며
삶을 허비하지 않는 것이다.

한자리를 지키는 사람이 보면
단순한 사람이 이것저것 시도하는 모습이
방황하는 것처럼 보일 수도 있지만

이 길이 아닌가 싶으면
저 길로 가보고
여기가 아닌가 싶으면
다른 곳으로 가보며

망설이지 않고 계속해서
자기의 길을 찾아가는 것이다.

오늘에
최선을
다해요

움직일 수 있을 때 무엇이라도 하고
할 수 있을 때 최선을 다하자.

지금을 소홀히 보내고 난 뒤에야
지나간 시간을 붙들고
아쉬워 해봤자 의미 없다.

마음 먹은 일은 용기 있게 하고
내가 만족할 수 있을 때까지 해보자.

망설이다 후회하는 것보다
해보고 실패하는 것이 낫다.

삶이 힘들 때 유난히 답이 없는 문제는
미련이다.

미련 때문에 인생을 허비하지 말고
지금을 성실히 살아보자.

인생이
잘 풀릴 때
더 빛나려면

남을 이기며 산다고
잘 사는 것이 아니다.

경쟁에서 앞서거나
목표한 성과를 이루는 것은
내 노력의 결과일 뿐이지
누군가의 위에 올라서는 것과는 다르다.

일이 잘 풀릴수록
많은 것을 얻을수록
책임질 게 많아진다는 것을 기억하고

세상을 다 가진 듯 오만하지 말고
겸손해야 빛이 난다.

사람은 높이 있을 때
고개를 숙일수록
더 인정받는 법이다.

자기의 일은
<u>스스로</u>
결정하기

내 일은 내가 알아서 하자.

다른 사람의 조언도
내 생각이 있어야 효용이 있다.

아무 생각도 하지 않고 방향도 모르면
타인의 조언도 의미가 없다.

타인의 조언은 내 결정에
실수를 줄이기 위한
하나의 검증 과정일 뿐이다.

선택은 내가 하는 것이고
그에 따른 책임도 내가 지는 것이다.

남들이 말하는 대로 움직이려 하지 말고
내가 결정했다면 일단 움직여야 한다.

그 상황에 내가 부딪혀봐야
그 선택의 성공과 실패도 알 수 있다.

당신만의
시간을
살아가세요

우리에게 주어진 시간은 한정되어 있다.

시작은 알지만 끝은 언제인지 알 수가 없다.

너무 많은 일을 하려고 힘쓰지 말고

너무 많은 사람들과 시간을 보내려고 애쓰지 말자.

시간을 여기저기 나누어 쓰면 길을 잃는다.
나에게 가치 있다고 생각하는 것들에
조금 더 집중하며 살 필요가 있다.

그래야 불필요한 걱정과 스트레스에서 자유로울 수 있다.
남들과 다른 삶을 살고 싶다면
나만의 시간을 살아야 한다.

완벽한
준비는
없다

완벽히 준비된 때는 오지 않는다.

시작하고 싶다는 생각이 들면
일단 움직여보자.

한발을 내딛어야
미처 예상하지 못했던 상황도
알아챌 수 있고 대처할 수 있다.

조금씩 나아갈 때마다
어떻게 해야 하는지
어디로 가야 하는지를
알게 된다.

시작을 위한 시간이 길어질수록
몸은 무거워지기 마련이다.

◇
◇ ◇
◇

상처받지
않고
살아가는 법

착한 사람인 척 애쓰며
스스로에게 상처 주지 말자.
좋은 사람인 척 애쓰느라
힘들게 살지 말자.

주변의 것들에 지나치게 신경 쓰다 보면
나 자신에게 소홀해지기 마련이다.

남에게 잘 보이기 위해
나를 포기하지 말자.

있는 모습 그대로
솔직하게 살아가자.

그것이 상처받지 않고
살아가는 방법이다.

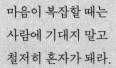

마음이
복잡할 땐
걸어봐요

마음이 복잡할 때는
사람에 기대지 말고
철저히 혼자가 돼라.

그리고 걸어라.
걷다 보면
가벼운 고민들은
어디론가 사라지고

문제가 무엇인지
어디에 집중해야 하는지
분명해진다.

산책하는 습관은
몸 건강에도 좋지만

마음 건강을 위해서
더없이 좋은 습관이다.

걷다 보면 내가 어디로 가야 하는지
자연스레 알게 된다.
내 삶의 방향을 알 수 있다.

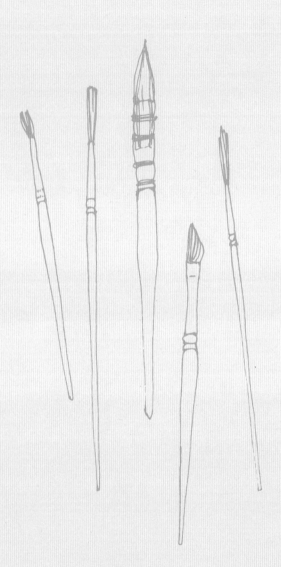

느낀
즉시
표현하세요

고마우면 고맙다고
반가우면 반갑다고
사랑하면 사랑한다고
열심히 표현하며 살자.

마음은 나중이 없다.

지금의 마음은
지금 표현해야만 소용이 있다.

말하지 않으면
상대는 영영 알 수 없다.

당신만의 시간을 살아가세요

모든 면에서
뛰어난 사람은
없어요

일이 잘 안 풀릴 때에는
모든 것을 잘 해내는 사람은 없다는 것을 기억하고
자신이 못하는 것이 있다는 것을 인정하고
부족한 부분을 노력으로 채우는 태도가 중요하다.

인생에서는 꼭 잘하는 것만이
중요한 것이 아니다.

어려운 상황에서도 포기하지 않고
자신의 강점과 약점을 인정하며
나에게 가장 부족하고 중요한 부분을
개선하는 데 집중하는 것이 중요하다.

실수를 해도 괜찮고
완벽하지 않아도 된다.

모든 면에서 뛰어나려고 하기보다는
삶의 균형을 위해 노력하는 것이 중요하다.

가장 중요한 것은
포기하지 않고
경험을 통해 계속해서 배우려는 자세이다.

당신만의 시간을 살아가세요

◇◇◇

내 사람에게
더
잘해주세요

만인의 연인은
누구의 연인도 아니다.

모든 사람에게
사랑받을 수도 없고

모든 사람에게
좋은 사람일 수도 없다.

어차피 인간은
완벽하지 않다는 사실을
인정할 필요가 있다.

지금 내 곁에 있는 소중한 가족과
나를 사랑하는 사람
마음 나눌 친구 하나면 충분하다.

오랫동안 나와 함께 걸어갈 사람들과
더 많은 시간을 보내도록 노력하자.

문제는
내 안에
있다

일이 잘 풀리지 않거나
문제가 생겼을 때
그 원인을 다른 곳에 돌리지 마라.

살면서 마주치는 것들은
모두 내 선택에 의한 결과일 뿐이다.

부모 탓, 남 탓, 환경 탓을 하다 보면
끝이 없는 법이다.

문제의 이유를 밖으로 돌리면
그 문제는 영원히 풀리지 않는다.

누구도 자신이
어려운 상황에 놓이기를
기대하며 살지 않는다.

모두가 각자의 삶 속에서
최선의 선택을 하며 살고 있다.

시련이 왔다면 무언가를 탓하지 말고
스스로를 돌아보길 바란다.

원인을 정확히 짚고
상황을 파악하여 해결하는 것도
모두 나의 몫이다.

당신만의 시간을 살아가세요

◇
◇ ◇
◇ ◇
◇

당신만의
매력은
무엇인가요

외모에 대한 사람들의 생각은
주관적일 수밖에 없다.
그래서 남들이 하는 겉모습에 대한 평가는
별 의미가 없다.

언제나 사람을 끌리게 하는 건
외모가 아니라 '매력'임을 기억하자.

외모에 대해 걱정하기보다
나만의 매력을 가꾸는 데 집중하자.

외모는 언젠가 무뎌지지만
매력은 오랫동안 마음을 붙든다.

그저
나의 길을
가세요

남들이 알아주지 않아도
묵묵히 나의 길을 가라.

가슴속 어딘가 고이 간직한
작은 꿈 하나를 마음에 품고

누구도 내 속을 몰라준다 해도
담담하게 나의 길을 가라.

앞이 보이지 않는 내일이라도
멈추지 않고 꾸준히 걷는다면
원하는 곳에 점점 가까워진다.

당신만의 시간을 살아가세요

진정한
자유를
원한다면

사람들이 말하는 성공의 기준을
충족하지 못한다고 해서
실패한 것이 아니다.

유명해지지 않아도,
많은 사람이 인정해주지 않아도
내가 세운 기준을 달성한다면
그것으로 충분히 기쁜 일이다.

그저 내가 좋아하고 즐길 수 있다면,
어제의 나보다 오늘이 더 나아졌다면
그것으로 충분하다.

남에게 박수받고
잊혀지지 않는 것에 집착하는 것보다
내가 원하는 대로, 생각한 대로 살면서
자유로워야 한다.

◇ ◇
◇ ◇
◇ ◇

아픈 기억은
아픈 대로
두어요

살아가며 슬펐던 순간이나
고통스러웠던 일들,
놓치고 싶지 않았던 사람이
누구에게나 있다.

그때는 너무나 힘들고
끝나지 않을 것 같았겠지만
지나고 나면 모든 게 아무것도 아니다.

아직도 힘든 기억이 남아 있다면
그만큼 마음을 쏟았기 때문일 것이다.

아무것도 하지 않고
흘려보냈던 시간들은
마음에 기록되지 않는다.

좋았던 기억은 좋았던 그대로
나빴던 기억은 나빴던 그대로
그 시간에 놓아두면 된다.

그런 시간이 있었기에
앞으로 다가올 또 다른 시련과 고통도
이겨낼 수 있을 것이다.

당신만의 시간을 살아가세요

당신에게
성공은
어떤 의미인가요

모든 사람에게 성공은 다른 의미를 지닌다.

어떤 사람에게 성공은
물질적 부의 소유를 의미하고,
어떤 사람에게 성공은
개인적인 삶의 안정을 의미한다.

그런데 성공이라는 것은
설정한 목표에 대한 결과만을 말하지 않는다.
근면함과 결단력, 긍정적인 태도까지를 포함한다.

당신만의 시간을 살아가세요

성공은 일회성 이벤트가 아니다.
지속적인 성장과 나를 개선하는 과정 모두가
성공의 일부임을 알고 기억하는 것이 중요하다.

성공이라는 것은
누군가의 인정에 의해 결정되는 것이 아니라
내가 이룬 성과에 대해
스스로 얼마나 만족할 수 있느냐에 따라 결정된다.

성공은
목적이 아니라 삶의 과정일 뿐이다.

삶이라는 여정을 즐기고
그 과정에서의 반복적인 성공과 실패를 통해
성장하고자 하는 태도를 배우며
위기에 직면했을 때 포기하지 않을 수 있어야
궁극적이고 장기적인 인생의
성공과 성취를 달성할 수 있다.

첫인상에
속지
마세요

설렌다고 함부로 달려들지 말고
싫다고 해서 마음의 문을 닫지 말자.
사람은 직접 겪어보지 않으면 알 수 없다.

내 맘대로 정해 놓은 규칙들과
내가 만든 허상들로
누군가에 대해 섣불리 판단하지 말자.

느낌은 단지 느낌일 뿐,
누구도 나를 단정할 수 없듯이
나도 누구를 단정할 수 없다.

사람의 관계란 언제나 상대적인 거니까.

내
앞만 보고
살아가요

남의 삶을 평가하지 말고
남의 시선을 의식하며 살지 말자.

모두 각자의 방식이 있고
저마다의 사정이 있는 것이다.

자기 앞가림을 못하는 이유는
쓸데없이 타인과 나를 비교하면서
시간을 보내기 때문인지도 모른다.

고요히 나의 삶을 살면서
시선을 나에게 집중하자.

내 삶을 온전히 살아가며
자신을 사랑하기에도 시간이 부족하니까.

당신만의 시간을 살아가세요

◇◇◇◇
◇◇◇

당신이
원하는 곳으로
달려가세요

마음은 표현하지 않으면 의미가 없고
고민도 실행하지 않으면 의미가 없다.

바람은 불어야 존재의 이유가 있고
살아 있는 모든 것들은 숨을 쉬어야 산다.

표현하지 못해 애태우지 말고
망설이다 놓쳐버리지 말고
바람이 불어 오는 곳을 향해 달려가자.

살아 있다는 것은
세상의 많은 것들과 호흡하는 것이다.

그러니 마음껏 표현하고
하고 싶은 대로, 원하는 대로 움직이자.

움직이지 않으면, 행동하지 않으면
살아도 살아 있는 것이 아니니까.

◇ ◇ ◇
◇ ◇

완벽하지
않아서
특별한 존재

우리는 모두 완벽하지 않은 사람이다.
나로서 살아가기 위해서는
자신의 결점과 약점을 인정해야 한다.

먼저 나의 결점을 받아들여야
나를 더욱 발전시킬 수 있다.

완벽하지 않기 때문에
다른 사람에게 필요한 존재가 되고
남을 위해 무엇인가를 할 수 있다.

완벽하지 않기 때문에
서로에게 특별한 존재가 되고

각자의 고유함으로
서로의 부족한 부분을 채우며
더불어 살아갈 수 있는 것이다.

당신만의 시간을 살아가세요

2.

행복은 결국
작고
사소한 것

행복은
결국 작고
사소한 것

행복은 언제나 사소한 것에서 온다.

정신없이 요란한 수다보다
무심코 건넨 한마디 말에 가슴이 따뜻해지듯

맛있는 음식을 배 터지게 먹었을 때보다
한 입을 먹었을 때 더 맛있게 느껴지듯

감당하기 어려운 큰 선물은
오히려 부담으로 다가오는 법.

값비싸고 진한 향수보다
은은한 비누향이 더 기분 좋은 것처럼

바쁜 하루를 보내고
혼자 보내는 고요한 시간이
소중하고 평화로운 것처럼

행복은 소란스럽지 않게
아주 작은 것에서 시작된다.

행복은 결국 작고 사소한 것

진솔한 사람을
만나고
싶다면

사람을 대할 때는
진솔하게 대해야 한다.

어떤 가면을 쓰고 나타난다고 해서
상대의 마음을 얻을 수 있는 게 아니다.

거짓은 언젠가 드러나게 되어 있고
진심은 언젠가 전해지는 법이다.

마음을 얻기 위해 속이려 하지 말고
먼저 진솔한 모습을 보여주자.

사람의 마음은
오직 마음으로 얻을 수 있다.

진솔한 마음으로 대할 때
나도 진솔한 사람을 만날 수 있다.

◇
◇
◇

해답은
의지에
있어요

의지가 있다면
불가능이란 없다는 것을 기억하자.

의지가 있다는 것은 곧
무한한 가능성이 있다는 것이다.

살다 보면 수많은 걸림돌을 만나
희망을 잃고 포기하기 쉽다.

그러나 강한 의지만 있으면
무엇이든 가능해진다.

역경에 처하더라도
긍정적인 시각으로 상황을 바라보면
목표에 집중할 수 있다.

성공을 향한 굳은 의지는
위대한 일을 성취하는 사람과
단순히 포기하는 사람을 구별한다.

목표에 대한 통찰력과 결단으로
끈기 있게 긍정적인 태도로 산다면
어떤 장애물도 극복하고
간절히 원하는 곳에 도달할 수 있을 것이다.

◇◇◇

삶의 행복을
쉽게
구하는 법

삶이 의미가 없다고
생각되는 이유는
희망이 없기 때문이다.

살아가며 실천할 수 있는
작은 목표를 가지면
그것이 곧 희망이 된다.

희망은 그것에 도전하고 싶은
동기와 용기를 만든다.

삶이 때론 힘들더라도
늘 웃음을 잃지 말고
밝은 일들만 생각해보자.

삶을 대하는 태도에 따라
행복의 주기는 달라진다.

우리에게 필요한 행복은
믿을 수 없는 큰 행운이 아니라

살며시 미소 지을 수 있는
작은 순간들이 자주 찾아오는 것이다.

행복은 결국 작고 사소한 것

◇◇◇
◇◇◇

말하지
않으면
몰라요

힘이 들 때는
힘이 든다고 말하고

슬플 때는
슬프다고 말하길.

아플 때는
아프다고 말해도 괜찮다.

혼자서 속으로 애태우며 참지 말고
솔직하게 감정을 드러내야 한다.

그래야 온전히 살아갈 수 있다.
그래야 사람들이 당신을 도울 수 있다.

말하지 않아도 알아주길 기대하지 말고
혼자서 상처받지 말고

괜찮지 않을 때는
괜찮지 않다고 말해주길.

좋은 척할
필요
없어요

마음과 다르게
사실과 다르게
척하면서 살지 말자.

아니면 아니라고
없으면 없다고
아프면 아프다고
좋으면 좋다고
싫으면 싫다고
솔직하게 표현하자.

척하면서 살기 때문에
마음이 피곤한 건지도 모른다.

솔직하게 살아도 힘든 세상,
거짓으로 산다고 나아지지 않는다.

◇ ◇ ◇

균형 잡힌
삶을
살아가는 방법

첫째, 자신을 관리하는 시간을 가지자.
가벼운 운동이나 취미를 통해
신체적, 정신적 안녕을 얻을 수 있다.

둘째, 할 일 목록을 메모하여 시간을 관리하자.
우선순위에 따라 하루의 일정을 정리하고
그걸 최대한 지키려고 노력해보자.
나를 위한 시간을 확보하는 데 도움이 될 수 있다.

셋째, 소중하게 생각하는 사람과 시간을 보내자.
쓸데없이 여기저기 기웃거리며 시간을 보내봐야
마음의 허기는 충족되지 않는다.
사랑하는 사람과의 건강한 관계가 삶에 기쁨을 가져온다.

넷째, 삶의 원칙과 범위를 설정하자.
나의 에너지와 시간이 낭비되지 않도록
스스로에게 가장 중요한 것을 아는 것이 중요하다.
그래야 내 삶의 가치와 목표에 집중할 수 있다.

다섯째, 혼자만의 시간을 즐겨보자.
스스로를 위한 시간은
목적 의식을 뚜렷하게 하고 열정을 갖게 한다.
나를 위한 시간은 삶에 성취감을 느낄 수 있도록 도와준다.

여섯째, 주변을 깨끗하게 정돈하자.
내가 시간을 보내는 곳을 정돈된 상태로 유지하면
스트레스를 줄이는 데 도움이 될 수 있다.
주변이 깨끗해야 생각도 명확해지고, 감정도 차분해진다.

삶의 균형에 대한 정의는 사람마다 다르지만
결국 자신에게 맞는 것이 무엇인지 파악하고
균형 잡힌 삶을 위한 선택을 하는 데에
마음을 써야 할 것이다.

행복은 결국 작고 사소한 것

◇ ◇ ◇
◇ ◇ ◇

모두에게
모든 것이
될 필요는 없어요

여러가지 일을 한다는 것은
한 개의 일을 제대로 할 수 없다는 얘기일 수 있고

시간을 쪼개어 많은 사람과 보내는 것은
온전히 함께 시간을 보낼 사람이 없다는 것일 수 있고

많은 것을 가지고 있다는 것은
진짜 필요한 것이 없다는 의미일 수도 있다.

모든 사람에게 모든 것이 되려고 애쓰지 마라.
너무 많은 일을 하려고 하거나
너무 많은 것을 가지려고 할 때,
우리는 자신을 잃어버린다.

어떤 것에도 온전히 집중할 수 없고
만족스럽지 못한 결과가
좌절감으로 이어지기도 한다.

"적은 것이 더 많은 것"이라는 오래된 속담이 있다.
완벽하다는 것은
더 이상 보탤 것이 없는 상태가 아니라
더 이상 뺄 것이 없는 상태를 말한다.
비울수록 채워지고, 덜한 것이 더한 것이다.

너무 많은 것을 가지려고 하기보다는
진정으로 중요한 하나에 집중하고
그 가치를 느껴보길 바란다.

◇ ◇
◇ ◇
◇

내 어둠은
내 안에
간직해요

나의 문제를 타인에게 털어 놓는 것은
나에게 아무런 도움이 되지 않는다.

내 안의 어둡고 어려운 이야기들은
사람들이 비난하기 좋은 소재가 된다.

비밀은 지켜지지 않는다.
상처가 되어 돌아올 뿐이다.

혼자만 알고 있어야 하는 일들은
자기 안에 담아두길 바란다.

사람들은 다른 이의 아픔에
둔감하기 마련이다.

입으로 내뱉는 순간
더 큰 고통으로 돌아올 수 있다.

아는 척은
참을수록
좋다

내가 직접 듣거나 보았다고 해서
알고 있는 모든 것들을
다른 이에게 전하지 말자.

그것이 나와 상관 없는
다른 사람의 이야기라면
더욱 조심해야 한다.

불필요한 말은
언제나 화를 불러온다.

아는 척한다고 해서
내가 우월해지는 것이 아니다.

쓸데 없는 말을 하면 할수록
가벼운 사람이 될 뿐이다.

◇
◇
◇

내일
걱정은
내일 해요

미래의 일은 미래에 맡겨보자.
일어나지 않은 일을 앞서 걱정하는 것은
불필요한 불안과 스트레스를 유발한다.

앞날은 누구도 알 수 없다.
어떤 일을 미리 대비하는 것과
걱정하는 것은 다르다.

특정한 결과에 집착하는 것은
지금을 온전히 바라보지 못하게 하고
기회를 놓치게 만들 수도 있다.

내가 할 수 있는 일이라면
의심하지 말고 현재에 집중하자.

언제나 삶에는 우여곡절이 있다는 것을 인정하고
오늘의 일을 차근차근 해내는 데 집중하며
유연한 마음으로 돌발 상황들에 대응하면
원하는 결과에 반드시 가까워 질 수 있을 것이다.

무기력의
터널을
지나고 있다면

가끔 삶의 방향을 잃어
아무 것도 하고 싶지 않거나
삶이 무의미하게 느껴질 때
기억해야 할 것은

이런 기분은 일시적이며
충분히 극복할 수 있다는 사실이다.

우리 모두가 한 번씩은 이런 시기를 겪는다.
자책하지 말고 나를 되돌아볼 수 있는 기회로 삼아보자.

자기 파괴적인 행동으로 현실을 도피하기보다
맛있는 음식을 먹고 충분히 잠을 자거나
사랑하는 사람과 시간을 보내며
나를 위해 충분히 시간을 가져라.

가지고 있지 않은 것을 갈구하기보다는
가지고 있는 것에 집중하며 감사하는 마음을 가져보자.
아직 기회가 있다는 것을 알게 될 것이다.

행복은 결국 작고 사소한 것

만약 할 수 있는 게 없다고 느껴진다면
새로운 목표를 찾아 무언가 배우거나
새로운 일을 찾아보는 것도 좋다.

목표를 향해 노력함으로써
지금의 나에게 맞는 것을 찾고
그 과정에서 성취감을 느낄 수 있을 것이다.

나를 돌보고
가진 것에 집중하고
새로운 목적을 찾음으로써
결국 삶의 의미와 방향을 찾아나갈 수 있을 것이다.

행복은 결국 작고 사소한 것

완벽하지
않아도
돼요

완벽한 사람은 없다.

단지 노력을 통해
잘할 수 있는 무언가가 있다면
그것으로 충분하다.

모든 것에 완벽한 사람이 되려고 노력해 봤자
궁극적으로 나에게 도움이 되지 않는다.
자신을 계속해서 부정하느라 지칠 뿐이다.

솔직하게 나를 드러낼 때
진정으로 자유로울 수 있다.

◇◇◇
◇◇
◇

우선
나부터
사랑하기

남이 하는 말에 귀 기울이지 말고
남이 원하는 것에 관심 갖지 말고
남이 살아가는 모습에 참견하지 말자.

나에게는 모두 의미 없는 일이다.

내 가슴에서 하는 말에 귀기울이고
내 마음이 원하는 대로 살아가자.
결국 나는 내 안의 나와 살아가는 것이다.

나에게 관심을 가지고
내 얘기를 듣고
내가 좋아하는 것을 하고

나를 예쁘고 건강하게 가꾸는 일보다
중요한 건 없다.

나를 사랑하는 일이
가장 우선이다.

행복은 결국 작고 사소한 것

◇◇◇

나만의
순간을
믿어요

올 것은 오고야 말고
갈 것은 가고야 만다.

그러니 흘러가는 일들을 붙잡고
불안해하지 않아도 된다.

나 자신을 믿고
내가 생각한 대로
내가 원하는 곳으로
움직이면 된다.

지금을 충실히 살아간다면
나는 조금씩 성장하고 있을 것이다.

목적지를 향해 가고 있는 과정에
얼마나 정성을 다했느냐가 중요할 뿐
결과에 연연하지 않아도 괜찮다.

행복은 결국 작고 사소한 것

◇◇◇◇

당신의
하루가
안녕하기를

집으로 가는 버스 안에서
나와 같은 각자의 내가
오늘 하루를 무사히 살아내고
어디론가 향하고 있다.

같은 버스를 타고
같은 곳으로 가는 듯 보이지만

모두
다른 생각
다른 모습
다른 곳으로
향하고 있다.

함께 움직이고 있지만
모두 각자의 길을 걷고 있다.
모두 안녕하기를.

행복은 결국 작고 사소한 것

고민과
걱정은
접어둬요

고민과 걱정은
꼬리에 꼬리를 물고
두려움을 몰고 와

나를 망설이게 할 뿐이다.
나를 움직일 수 없게 만든다.

지금 멈춰 있다면 일단 움직이고
고민과 걱정은 그 다음에 해도 늦지 않다.

할 수 없는 이유보다
할 수 있는 방법을 찾아보자.

◇◇◇
◇◇
◇

남의 행복에
마음 쓰지
않을 것

매일 행복할 수 없고
실제로 항상 행복한 사람은 없다.

살면서 매일이 축제와 이벤트로 가득하다면
마냥 행복하고 즐거울 것 같지만
오히려 삶을 온전히 살 수 없을지도 모른다.

행복은 결국 작고 사소한 것

많은 것을 가진 듯 보이는 사람이나
근사한 곳에서 맛있는 음식을 먹는 사람,
남들이 부러워 할 만한 위치에 있는 사람들도
보통의 평범한 일상을 살고 있다.

매일 좋을 수도 없고
계속해서 행복할 수 없다.

나만의 시선으로 타인을 보면
내가 갖지 못한 것만 보게 된다.

내가 만든 남의 행복에 집착함으로써
자기 연민에 빠지지 말자.

내가 가진 것들에 대한 가치를 발견하고
거기에 감사할 수 있다면
지금 이 순간에도 충분히 행복할 수 있다.

행복이라는 것은
무엇을 가졌고 어디에 있느냐가 아니라
삶을 대하는 태도에서 오기 때문에.

행복은 결국 작고 사소한 것

욕심을
내려놓아요

욕심을 내려놓지 않으면
시간이 아무리 흘러도
인생은 괜찮아지지 않는다.

지난 시간을 돌이켜봤을 때
미련이 많이 남는 이유는
그만큼 욕심이 많았기 때문이다.

욕심이 커질수록
얻는 것보다
잃는 것이 많은 법.

우리는 이 세상에 잠시
소풍을 나온 것이라고 생각하자.

많은 것을 짊어지고
너무 많은 관계에 얽히면
인생은 자유로울 수가 없고
움직임의 폭이 줄어든다.

가벼워야 더 많은 것을 보고
다양한 경험을 하며
나만의 삶을 온전히 살아갈 수 있다.

무엇이든 담아두지 말고
언제든 떠날 수 있도록
욕심을 내려놓고 살아가보자.

생각
관리를
철저히 하세요

내 삶은 내가 생각한 대로 살아진다.

안된다고 생각하면 안될 것이고
잘될 거라 생각하면 잘될 것이다.

매 순간의 생각과 행동이
나를 만드는 것이다.

어떤 마음가짐으로
삶을 바라보고 대하느냐에 따라
인생은 흘러간다.

의미 없다고 생각한 작은 습관 하나가
내 삶을 나락으로 몰고 가기도 하지만
반대로 성공으로 인도할 수도 있다.

늘 잘될 거라는 믿음으로
긍정적으로 삶을 바라보자.

간절히 원하면
어느 날엔 반드시 이루어진다.

◇ ◇ ◇ ◇
◇ ◇ ◇

그럴 수도
있지

사람 관계에서 상처받지 않는 법은
'그럴 수도 있지' 하고 생각하는 것이다.

내가 좋아하지 않는 사람이 있듯
어떤 이는 내가 마음에 들지 않을 수도 있고

보고 싶은 사람에게 연락을 했는데
기대했던 반응이 아닐 수도 있다.

정성들여 무언가를 만들었는데
누군가에게는 그게 별로일 수도 있다.

꼭 모든 것이 내 마음에 들 수도
항상 내가 원하는 대로 사랑받을 수도
없다는 사실을 인정해야 한다.

내가 누군가를 미워할 수 있듯
남도 나를 미워할 수 있다.

세상에는 다양한 사람들이 존재하고
상황들이 내 생각과는 다르게 흘러갈 수 있다.

살아가면서 느끼는 작은 일들을 곱씹어
마음에 담아두지 말자.

'그럴 수도 있지' 하며
넘어가자.

행복은 결국 작고 사소한 것

**후회하지
않는
연습**

'아, 그때 그랬더라면 좋았을 걸'
하며 아쉬워하지 말자.

앞으로 남은 날을 후회하지 않으려면
지금을 잘 살아가면 된다.

어떤 선택에 따르는 아쉬움에
'아, 그때 그랬더라면 좋았을 걸'
하는 생각이 들 수도 있겠지만
어차피 기회는 계속해서 온다.

지금이 끝이라고 생각하면
정말 끝이 날 수도 있지만
다시 기회가 생긴다고 생각하면
희망을 안고 살아갈 수 있다.

살아 있다면
기회는 계속해서 온다.
모두 마음에 달렸다.

◇
◇
◇

충분히
잘 살고
있어요

지나간 시간들을 떠올렸을 때
웃음 지을 수 있다면

추억할 수 있는 기억들이
마음속에 빛나고 있다면

잘 살아왔다는 거다.

지금의 시간을 과거와 비교하며
현재의 나를 탓하기보다는

그동안 잘 살아온 나를 다독여주자.

그리고 미래에 보석이 될 만한
빛나는 시간을 위해 살아가자.

나는 충분히 잘 살고 있고
괜찮은 사람이니까.

◇◇◇◇

진정한 여유는
부지런함에서 온다

시간이 많은 것이 꼭
삶의 여유로 이어지지는 않는다.

할 일 없이 시간을 보내는 건
여유 있어 보일지 몰라도
마음은 그만큼 조급할 수도 있다.

적당한 긴장감을 가지고
하루를 부지런히 보내고 나야
무언가를 해내고 있다는 성취감에
잠깐의 휴식도 달콤하게 느껴진다.
그렇게 희망찬 내일로 이어갈 수 있다.

여유로워 보이는 타인의 모습을
열심히 달리고 있는 나와 비교하며
그 자리에 멈춰 서려고 하지 말자.

여유라는 건,
자기의 시간을 잘 살아낸 사람에게서
자연스럽게 묻어나는 것이지

할 일 없이 시간을 보낸 사람에게
생기는 게 아니라는 것을 기억하자.

◇ ◇ ◇
◇ ◇

혼자만의 시간이
당신에게 주는 것

혼자 있는 것을 두려워하지 않고
나만의 시간을 충분히 가지는 일은
내가 더욱 단단하게 성장할 수 있도록 도와준다.

혼자 시간을 보내면
내가 추구하는 가치관과 목표를
더 깊게 고민하고 발견할 수 있다.

또 외부의 방해 없이 내 생각과 감정을
정확히 알 수 있기 때문에
좋아하는 것과 싫어하는 것을 구분하여
진짜 원하는 것을 잘 선택할 수 있다.

혼자만의 시간은 재충전의 기회가 되어준다.
긴장과 스트레스를 풀어주어
정신과 육체를 건강하게 관리할 수 있다.

혼자만의 시간을 잘 보낼 수 있다면
다른 사람에게 인정받기 위해
남의 시선을 의식하며 살지 않아도 된다.

그에 따라 자연스레 자존감도 높아진다.
내가 진짜 원하는 것이 무엇인지 알기 때문에
현실을 과장하여 나를 포장하거나
내가 아닌 척하며 살아가지 않아도 된다.

혼자만의 시간을 잘 보내는 사람은
타인과의 관계에서도 자유롭다.
내가 원하는 관계만 선택하여 신경쓸 수 있고
사람들이 나에게 어떤 말을 하든
나는 변하지 않는다는 것을 알기 때문이다.

혼자의 시간은 외로움이 아니다.
나를 발견하고 돌보며
성장을 도모할 수 있는 귀한 시간이다.

행복을
직접
찾아가세요

어딘가에 그저 머물러 있다면
행복은 저절로 찾아오지 않는다.

그것이 장소든 시간이든 어떤 것이든
당신이 움직이지 않는다면
원하는 것에 가까워질 수 없다.

행복은
어떤 것에 대해 인정하고
거기에 만족하는 마음인데

삶에 있어서
가치 있다고 생각하는 일에
행동할 때 찾아온다.

행복하지 않다면
지금의 그곳에 머물러 있지 말자.
마음이 원하는 곳으로 끊임없이 움직여보자.

◇
◇ ◇
◇

듣는
연습

누군가 나에게 찾아와
힘들다고 말하면

어설픈 말로 위로해주려 하기보다
상대가 충분히 이야기할 수 있도록
공감해주고 들어주길 바란다.

그 사람에게 필요한 건
내 이야기가 아니라
표현할 수 없는 답답함일지 모른다.

누군가 나에게 찾아와
고민이 있다고 말하면

충고하려고 하지 말고
마음을 비워낼 수 있도록
어깨를 내어주길 바란다.

그 사람에게 필요한 건
해결 방법이 아니라
잠시 기댈 어깨일지도 모른다.

어느 날 누군가
그냥 나에게 찾아온다면

무슨 일이냐 요란하게 묻지 말고
조용히 함께 시간을 보내길 바란다.
그저 귀와 마음을 내어주면 된다.

역지사지의
마음으로

타인이 나의 삶에 대해
평가하고 판단할 수 없듯이
나 역시 누군가의 삶에 대해
함부로 얘기할 수 없다.

내가 들어서 아픈 말은
남이 들어도 아픈 것이고
내가 들어서 상처되는 말은
남이 들어도 상처가 된다.

내 삶이 중요하면
남의 삶도 중요한 것이고
내가 특별하다 생각하면
남도 특별한 사람인 것이다.

'세 치 혀가 사람 잡는다'는 말처럼
사람의 마음은
말 한마디에 무너질 수도 있다.

눈에 보이지 않는다고
아무것도 아닌 게 아니며
사라진다고 하여
사라지는 것이 아니다.

남의 삶에 대해 이야기하기보다
내 삶을 더 깊이 들여다보며 살기를.

행복은 결국 작고 사소한 것

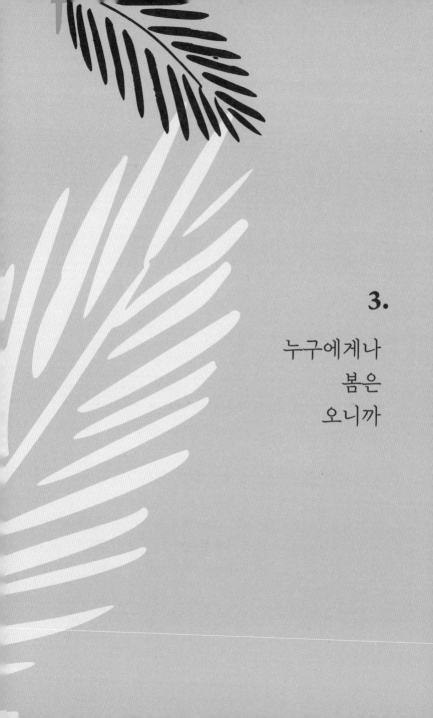

3.

누구에게나
봄은
오니까

꽃은
그저 피었다가
질 뿐

어디에 어떤 모습으로 피어났든
꽃은 자신을 원망하지 않는다.

따뜻한 온실 속에 피어나 예쁜 포장지에 담겨
누군가에게 기분 좋은 선물이 되지 못해도 괜찮다.

아무도 찾는 이 없고 어딘지 알 수 없는 곳에서
이름 없는 꽃으로 피어난다 해도
바람 불면 부는 대로 비가 오면 오는 대로
따스한 햇살에 마음껏 자신 있게 뽐내다
내게 주어진 시간을 아름답게 살다 가면 된다.

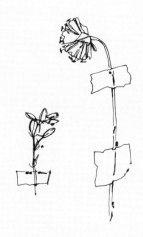

내 옆에 피어난 꽃을 시기할 이유도 없고
아름다움과 향기를 애써 뽐낼 필요도 없고
다른 꽃의 가치를 평가하지 않아도 된다.

살아 있다는 것만으로도
충분히 아름답다는 것을 알기에
오롯이 내 모습 그대로 자유로이
그저 내 시간을 충분히 살아가는 것이
행복한 것임을 안다.

모두가 그렇게 순간을
피었다가 지는 것임을 안다.

누구에게나 봄은 오니까

◇
◇
◇
◇

세상의
밝은 면을
바라봐요

남에게 예의 있게 대하고
예쁘게 말하는 사람은
마음이 꼭 고와서 그런 게 아니라
삶에 여유가 있는 것이다.

물질적인 것들을 많이 가졌다고 해서
마음에 여유가 생기는 게 아니다.

세상을 얼마나 긍정적으로 바라보느냐에 따라
사람을 대하는 태도도 달라진다.

무언가를 자꾸 소유하려고만 하지 말고
마음에 불을 켜 세상의 밝은 면을 바라보자.

그러면 어느새 밝은 세상에서
좋은 사람들과 함께 걷고 있을 것이다.

나만의 눈으로
자신을 보세요

내 두 눈은 나에게 붙어 있어
나를 제대로 보지 못한다.

그래서 우리는 늘
타인의 눈을 빌려 나를 본다.

사람들의 평가에 나를 내던져
좋지 않은 말에 상처받고
좋은 말은 철석같이 믿는다.

그렇게 타인에 의해 정의되고
정말로 내가 그런 사람이라 믿으며
그들에게 좋은 사람이기 위해 애쓰며
결국 나를 잃어버리기도 한다.

누구에게나 봄은 오니까

중요한 건
나를 바라보고 평가하는 그들도
사실 자기 자신은 보지 못한다는 사실이다.

사람들의 이야기에 귀 기울이며
불안과 자책으로 고통 속에 살 필요 없다.

나 자신은 눈으로 보는 것이 아니다.
내 안의 소리에 귀를 기울여야 알 수 있다.

나는 내 안에 있다.

◇ ◇ ◇
◇ ◇
◇

인생
최고의 날은
아직 오지 않았다

가장 빛나는 별은
아직 발견되지 않았고

내 인생의 최고의 날은
아직 오지 않았다.

끝까지 가보지 않았으면서
마치 삶을 다 살아본 사람처럼
살고 있는 건 아닐까.

마치 내가 갈구하는 성공과 행복이
영원히 오지 않을 것처럼 말이다.

인생 최고의 날은
누구도 알 수 없는 것이다.

단지 마음에 빛나는 별 하나를 찾아
나만의 길을 꾸준히 걸어갈 뿐이다.

모두 다 내 마음 안에 있다.

◇ ◇ ◇ ◇ ◇

삶의 목표가 없어도
괜찮아요

살아갈 이유가 없다고 해서
죽어야할 이유가 되는 건 아니다.

아직 삶에 대한 목표를
발견하지 못했거나
잠시 길을 잃었을 뿐이다.

삶의 특별한 의미를 찾으려 하지 말고
그냥 오늘 하루를 살아가면 된다.

너무 의미를 찾으려 하면
의미가 숨어버린다.

주어진 시간을 차분히 살아내다 보면
꿈도 희망도 자연스럽게 생기기 마련이다.

◇◇◇◇
◇◇◇

답이
없으면
만들면 되니까

어쩐지 답이 없는 것처럼 느껴질 때
실제로 답이 없는 것은 아닐 수도 있다.

답이 하나가 아니라
여러 개일 수도 있고
내려놓아야 하는 무언가가
답일 수도 있기 때문이다.

그러니 아무것도 할 수 없다고 해서
자책하며 멈춰 있지 말자.

방법이 있다면 답을 찾을 것이고
그 길이 아니라면
돌아서서 다른 길로 가면 된다.

모든 문제에 답이 하나가 아니듯
세상에는 수많은 길이 있다.

내가 걸어가면 길이 되는 것이다.
답이 없다고 주저앉지 말자.

◇◇◇

팔자도
마음먹기
나름

잘될 수밖에 없는 사람이라는 것도
안될 수밖에 없는 사람이라는 것도 없다.

모두가 마음먹기에 달렸다.

두려움에 움츠리면
아무것도 할 수 없고

용기를 내면
살아가는 방법을 알게 된다.

부딪혀 난 상처는
시간이 지남에 따라 아물고
결국 다시 새살이 돋는다.

무엇이든 망설이지 말고
하나씩 시작해보자.

남의 말은
의미가
없어요

남의 칭찬에 집착하기보다
스스로 잘 살아가는 것에
더 집중할 필요가 있다.

무언가를 잘한다는 말은
그 사람의 기준일 뿐이고

내가 만족하지 못한다면
그건 잘하는 것이라고 할 수 없다.

사람들의 생각은 언제든 변할 수 있고
나보다 더 잘 하는 사람들은 얼마든지 있다.

그냥 나의 하루에 집중하며
세상의 잡음에 흐트러지지 않고
내 삶을 온전히 살아가면 된다.

무언가를 잘하는 것보다 중요한 건
내 삶에 대한 올바른 태도일 것이다.

◇ ◇ ◇
◇ ◇

나쁜 감정을
담아두지 마세요

누군가 나를 비판했다고 해서
화가 난 마음을 담아두지 말자.

마음에 품고 곱씹을수록
내 마음에 상처만 깊어진다.

안 좋은 말을 들을 수도 있고
남이 나를 싫어할 수도 있는 것이다.

내가 그 사람에게
꼭 맞아야 하는 것도 아니고
맞춰 살아갈 필요도 없다.

단지 그 이유가 나의 실수이거나
부족한 부분이라면 수용하면 된다.

좋은 마음으로 받아들일 수 있다면
받아들이면 되고 아니면 그만인 것이다.

한 사람의 비판에
내 소중한 시간을 쏟으며 보내기에는
인생이 너무 짧다.

◇
◇ ◇
◇

당신은 하루를
어떻게 시작하나요

하루를 낭비하지 않으려면
아침의 시작이 중요하다.

눈을 떴을 때 핸드폰을 들여다보고
시간을 죽이며 밍기적거리지 말자.
기지개를 펴고 몸에 자극을 주어
자리에서 바로 일어나보자.

창문을 열어 방안의 공기를 새롭게 하고
이불을 정리해서 다시 잠자리로 돌아가지 않도록 하자.

누구에게나 봄은 오니까

그리고 즉시 화장실로 가서
양치를 하고 샤워를 하며
오늘 할 일들을 생각하자.

물 한 컵을 마시며 몸 안의 장기들도
하루를 시작할 수 있도록 깨워주고
특별한 일이 없더라도
즉시 밖으로 나가 가볍게 걸어보자.

그날의 계획이 있든 없든
하루의 시작은 서두르는 것이 좋다.

그것만으로 무언가를 할 수 있는 준비가 되고
하루는 그만큼 길어질 테니까.

손절을
두려워하지
마세요

사람이든 일이든
손절이 빠를수록 좋은 이유는
망설이는 사이에 기회비용이 발생하기 때문이다.

시간이 가는 만큼
미련은 쌓이고 고통은 배가된다.

지나간 시간들과 들인 정성이 아깝다고
아닌 것을 붙들고 있지 말자.

놓지 못하면 결국 후회로 남고
놓아버리면 새로운 세상을 만날 수 있다.

아쉬움은 순간이다.
아닌 건 아닐 뿐이다.

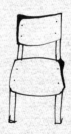

단정보다는
인정하기

평범함에 실망하거나
지친 모습에 우울해할 필요 없다.

내 시선에서는
평범해 보여도
타인의 시선에서는
특별한 것일 수 있고

지친다는 건
힘에 부친다는 뜻이지만
그만큼 사력을 다해
노력했다는 뜻이기도 하다.

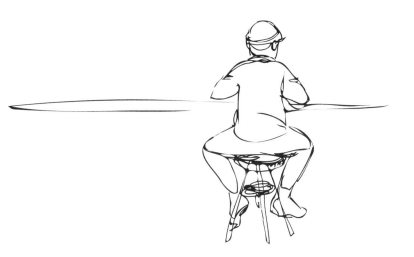

부정적으로 생각하면
끝이 보일 것이고
긍정적으로 생각하면
다시 시작할 수 있다.

단정하면 이어갈 수 없지만
인정하면 이어갈 수 있다.

◇◇◇◇
◇◇◇

조금씩
나아지고
있어요

잘못할 수도 있고
잘 못할 수도 있다.

실수할 수도 있고
잘하지 못하는 것일 수도 있다.

사람들의 평가에 얽매이지 말고
스스로를 자책하지 않아도 된다.

할 수 없는 일은 할 수 없는 일이다.

이미 벌어진 일에 신경 쓰지 말고
내가 아닌 외부적인 것들에
시간을 쏟을 필요가 없다.

경험을 통해 우리는
매일 성장하고 있다.

어제보다는 오늘,
오늘보다는 내일
보이지 않지만 조금씩 나아지고 있다.

그러니 너무 상심하지 않아도 된다.
내 길을 찾아가는 과정일 뿐이니까.

아무것도
하고 싶지
않을 때

아무것도 하고 싶지 않은 건
아무것도 할 수 없기 때문이 아니라
온 힘을 다해 살았기 때문일지 모른다.

그러니 그런 나를 자책하지 말고
더 해내지 못한다고 다그치지 말고
충분히 쉴 수 있도록
그동안의 수고를 보상해주자.

내가 좋아하는 것을 하고
가고 싶은 곳에 가고
나를 위한 시간을 보내자.

아무것도 하지 않아도 괜찮으니
아무것도 기대하지 말고
그저 온전히 나와 시간을 보내길 바란다.

누구에게나 봄은 오니까

◇ ◇ ◇

부러움보다
중요한 건
나예요

부러움이라는 감정에는 끝이 없다.

내가 가지지 못한 것들을 가진 이를
부러워하는 일은
부질없고 불쌍한 일이다.

부러움의 대상에는 끝이 없다.
인간의 욕심에도 끝이 없기 때문이다.

세상에서 가장 소중하고
아름다운 건 '나'라는 사실을 인정하고

나를 깎아 남의 부러움에 빗대는
부끄러운 일은 그만두길 바란다.

삶이 힘겨운 건
남들과 나를 비교하는 횟수에
비례되는 것이다.

상처주는
사람에게
냉정해지기

누군가 나에게 상처를 준다면
분명하게 말하는 것이 좋다.

좋은 사람처럼 보이기 위해
웃으며 그냥 넘어가지 말자.

나를 함부로 할 수 없다는 것을
명확하게 일러주자.

사람과의 관계에는
지켜야 할 선이라는 게 있다.

좋은 게 좋은 거라지만
억지로 좋을 이유는 없다.

◇
◇
◇
◇

누구에게나
봄은
오니까

남들이 좋다고 하는 것에 휩쓸리지 말고
내가 좋아하는 것에 집중하자.

소외감에 마음이 시리고
가진 게 없는 것처럼 느껴져도 괜찮다.

봄이 오기 전에 꽃샘추위가 있듯
잠시 스치듯 지나갈 과정이라 생각하면 된다.

기다리지 않아도
누구에게나 봄은 온다.

그러니 잠시 흔들리더라도
나를 잃지 않기를.

험담하며
친해진
사이가 있다면

다른 사람의 험담을 누군가에게 전하면서
그 사람과 가까워진다고 느꼈다면
그건 착각이다.

험담을 듣는 이에게는
부정적인 기운이 전해지기 때문에
결국 그는 당신과 멀어질 뿐이다.

어떤 이유로든
다른 이에 대한 험담은
그 누구에게도
아무런 도움이 되지 않는다.

안 좋은 점이 눈에 띄어도
언제나 상대의 좋은 점을
찾으려고 노력하자.

이런 노력은
누군가에게 전하지 않더라도
나에게 긍정적인 기운을 주니까.

◇◇◇◇

시간따라
사람도
흐르는 법

상처받지 않으려고
상처 주지 않으려고
애쓰며 살지 않아도 된다.

살면서 만나는 모든 사람과
인연을 이어가려고 노력할 필요도 없고
영원히 이어갈 수도 없다.

나름대로의 도리를 다했다면
최소한의 예의를 갖춰 대했다면
그것으로 충분하다.

시간이 흘러가듯
사람도 그렇게 흘러간다.

누군가에게 내가
좋은 기억으로 남을 수도 있고
또 그렇지 않은 기억으로 남더라도
연연하지 않아도 된다.

나와 맞는 사람들은 곁에 남을 것이고
그렇지 않은 사람들은 그냥 스쳐갈 뿐이다.
그게 전부다.

◇◇◇
◇

마음에도
길이 있다

마음에도 길이 있다.

그 길은 나만 볼 수 있고
길이 어디로 향하는지는
내 선택에 따라 달라진다.

부정적인 마음으로 나를 소홀히 대한다면
가시밭길이 펼쳐진 마음에 상처를 내어
어려움이 왔을 때
그 길 어딘가에 숨어야 할 수도 있다.

긍정적인 마음으로 살아간다면
길 위에서 만나는 많은 것들이
아름답고 반가운 친구일 것이다.

좋은 것만 보고 예쁜 말을 하며
바른 생각으로 살려고 노력하자.

내 삶의 태도가 마음의 길이 된다.
그 마음의 길로 인생은 흘러간다.

오늘이
가장
젊은 날이기에

무엇이든 하고 싶은 것이 있다면
더 늦기 전에 시도해야 한다.
시간은 나를 기다려주지 않기 때문이다.

하루라도 젊을 때
더 많은 것을 보고 느끼고 경험하며
깨달아야 한다.

지금의 시간을 미련과 후회로
남기지 않으려면

내 인생의 가장 젊은 시간인
바로 지금
움직여야 한다.

◇◇◇
◇◇◇

마음속
청춘은
영원하니까

나이가 들면서 가장 무서운 건
눈에 보이는 주름살도 아니고
근심도 아니고 아픔도 아니다.

새로운 일에 많은 생각들로 망설이며
두려움에 정체되는 것이다.

좀처럼 벗어나지 않으려 하고
익숙한 것이 안정된 것이라 생각하며

항상 가던 곳, 만나던 사람, 먹던 것만 고집하며
비슷한 시간에 갇혀 있는 것이다.

그렇게 새로운 경험의 결핍 속에

시간은 빠르게 흘러간다.

나이가 들수록
시간이 너무 빠르게 간다고 한탄하지 말고

좀 더 넓은 세상에서 많은 경험을 하며
신선한 충격 속에 살자.

지나간 젊음을 되돌릴 수는 없어도
마음속의 청춘은 충분히 느끼며 살아갈 수 있다.

인생은 부메랑

모든 것은 어떤 형태로든
언젠가 내게 되돌아온다.

노력한 만큼 돌아오고
나눠준 만큼 받게 되어 있다.

믿음이 있다면 기회는 오고
뿌린 만큼 거두게 된다.

그렇게 우리는 삶에서
수많은 부메랑을 던지며 살아간다.

처음에는 잘 다루지 못해
놓치거나 다칠 수도 있지만
너무 걱정하지 않아도 된다.

잘 다루고자 하는 의지만 있다면
끊임없는 노력과 경험을 통해 언젠가는
인생의 부메랑을 잘 다룰 수 있을 것이다.

부자가
되고
싶은가요

원하는 만큼의 부를 이루는 건
살아감에 있어 중요한 일이다.

가지고 싶은 무언가를 사고
하고 싶은 일을 할 수도 있다.

하지만
부가 우리에게 주는
가장 큰 선물은 바로
자유로운 삶이다.

부자 중에 최고의 부자는
시간 부자이다.

더 다양한 경험을 할 수 있는 시간을 얻기 위해
지금의 시간을 헛되게 보내지 말고
소중하게 써야 한다.

부자처럼 보이기 위해 애쓸 시간에
내가 하고 싶은 일을 할 수 있는
시간 부자가 되자.

◇◇◇
◇◇

그냥 차분히
나만의 시간을
보내요

어떻게 살아야 할지 모르겠다면
좋아하는 게 뭔지 모르겠다면

내가 어떤 능력을 가진 사람을
부러워하는지 떠올려보자.

또는 평소에 내가 습관처럼 하는
사소한 일들이 무엇인지 생각해보자.

뭔가 대단한 능력이나 일이 아니어도 괜찮다.

누구에게나 봄은 오니까

메모장에 끄적이는 낙서
무의식에 그린 그림
매일같이 하는 청소
그 어떤 것이어도 괜찮다.

그리고 시간을 내서
그것들에 조금 더 집중해보자.

짧은 순간에 무엇이 되려고 하거나
결과가 나오기를 바라지 않고
꾸준히 그것들을 즐겨보자.

그러다 보면 어느 순간에
더 나은 나를 발견할 기회가 온다.

무엇이든 너무 조급해하지 말고
천천히 내가 좋아하는 것들을 하며
차분히 나만의 시간을 살아가길.

◇◇◇
◇◇◇
◇

진짜 나는
나만 아니까

진짜 내 삶과
남들이 바라보는 내 삶은 다르다.

그러니 사람들이 나에게 하는 말들에
신경 쓰지 말자.

누군가 내가 잘 살고 있다 말해준다 해서
내가 잘 살고 있는 것도 아니고

그렇게 말하지 않는다고 해서
내가 잘못 살고 있는 것도 아니다.

남들이 뭐라 말하든
어떻게 바라보든
내 삶은 변하지 않는다.

그러니 사람들의 말에 휘둘려
그들이 말하는 대로 살려고
노력할 이유가 없다.

어차피 사람들의 말은 사라진다.
허공에 사라진 의미 없는 말을
혼자 마음에 주워담아
애쓰며 살 필요가 없다.

◇◇◇
◇◇
◇

일상의
어둠을
걷어내는 방법

삶이 권태롭다고 느껴질 때는
아침 일찍 일어나 밖으로 나가보자.

졸린 눈을 비비며 빼곡한 지하철에 몸을 실어
바쁘게 어디론가 움직이는 사람들의
에너지를 느낄 수 있을 것이다.

기분이 별로 좋지 않다면
맛있는 음식을 잔뜩 사서 원 없이 먹어보자.
의외로 쉽게 기분이 나아질 것이다.

마음이 복잡할 때는
근처에 있는 산에 올라가보자.

숨이 차다고 생각할 때 멈추지 말고
정상까지 올라가보는 것이다.

올라가는 동안 자연스럽게 생각들이 정리되고
정상에서는 뭔가 할 수 있다는 자신감이 생길지 모른다.

편안하게 잠자리에 들고 싶다면
하루의 일과를 잘 계획해서 바쁘게 움직여보자.

거창한 일이 아니라 사소한 일이어도 된다.
계획한 대로 모두 다 처리하지 못해도 괜찮다.

그저 최선을 다했다면
웃으며 꿈을 꿀 수 있을 테니까.

◇
◇
◇

위로는
조용한
온기이기에

백 마디의 조언보다
한 마디의 다정한 말이

대단한 무언가를 안겨주는 것보다
따뜻하게 한 번 안아주는 것이

백 번 연락하는 것보다
잠깐이라도 곁에 있어주는 것이

진정한 위로가
될 때가 있다.

위로라는 것은
요란한 무언가가 아니라
조용하지만 작은
마음의 온기이기에.

누구에게나 봄은 오니까

4.

천천히
걸어도
괜찮아요

경험만큼
정확한 건
없어요

그 어떤 것도 직접 경험하지 않고서는
그게 좋은지 나쁜지
나와 맞는지 아닌지
가야 할 방향인지 아닌지
알 수 없다.

상처받지 않기 위해
실패하지 않으려고
남들이 하는 이야기 때문에
포기하지 말길.

그 사람과 나는 다른 사람이고
같은 경험을 하더라도
그 일을 통해 느끼고 얻는 건 다를 수 있다.

그러니 무엇이든
직접 부딪쳐보고 느끼길 바란다.

누군가의 말에 흔들리고
사람들을 따라 여기저기 휩쓸리며
계속해서 떠돌아다니지 말길.

말이 많으면
실수도 많아진다

말을 할 때는 여러 번 생각하고
신중하게 내뱉어야 한다.
한번 뱉은 말은 주워담을 수 없기 때문이다.

말은 누군가에게 희망을 줄 수도 있지만
누군가에게는 칼이 되어 상처를 주기도 한다.

몸에 난 상처는 시간이 지나면 아물지만
마음에 난 상처는 시간이 흘러도 지울 수 없다.

많이 말하기보다는 많이 듣는 습관을 들이자.
말이 많으면 실수가 많고
많이 들으면 자신을 성찰할 수 있다.

그리고 절대 남에 대해 험담하지 말자.
들어주는 사람도 나를 멀리하게 된다.
내 편을 만드는 것이 아니라
모두를 잃는 길이다.

모든 화의 근원은
입에서 시작된다는 것을 알고
내가 내뱉은 말은 언젠가
되돌아온다는 것을 기억하자.

좋은 말이 아니라면
입을 닫는 게 언제나 이롭다.

◇◇◇◇

나도
충분히
괜찮은 사람

모든 불행은
남과 나를 비교하는 행위에서 시작된다.

내가 가지지 못한 것을 부러워하거나
내 곁에 있는 사람을 다른 사람과 비교하면
스스로 결핍을 만들게 되고 마음이 힘들어진다.

언제나 긍정적인 사고로 나만의 장점을 찾아
나도 충분히 괜찮은 사람이라는 것을 인정할 수 있다면
자신감 있게 나로서 살아갈 수 있다.

완벽한 사람은 없다는 사실을 깨닫고
무엇보다도 내 곁에 나를 사랑해주는 사람이
있다는 사실에 감사할 수 있다면
행복에 조금 더 가까워질 수 있다.

상대를
있는 그대로
바라봐요

좋은 관계를 이어가고 싶다면
상대를 있는 그대로 인정해주자.

상대를 인정하지 않으면
나도 인정받을 수 없다.

억지로 감동시키려 하기보다
사소한 관심을 가지고
한결같은 마음을 표현해보자.

나와 다른 의견을 가지고 있다면
어렵게 설득하려 하지 말고
상대방의 입장을 최대한 존중해주자.

좋은 일이 있을 때는 마음 다해 축하해주고,
슬픈 일이 있을 때는 곁에 있어주자.

그것만으로 관계는 단단해진다.

먼 미래의
행복은
생각하지 말아요

나중의 행복을 위해
지금을 희생하지 말자.

미래에 올 더 큰 행복을 바라며
지금을 고통스럽게 사는 것은
미련한 일이다.

바로 지금 행복해야 한다.

오늘 행복하지 않다면
내일 행복하기도 힘들 테니까.

◇ ◇ ◇ ◇

그냥
다
과정일 뿐

꼭 좋은 기억만이
좋은 추억이 되는 것은 아니다.

때로는 좋았던 기억이
아련한 추억이 되기도 하며

때로는 좋지 않았던 기억이
삶을 어떻게 살아가야 하는지
방향을 제시하기도 한다.

그러니 살아가면서
너무 좋았던 날들만 기억하려고
노력할 이유도

좋지 않았던 날들을
애써 잊으려고
노력할 필요도 없다.

좋았든 나빴든
모두 살아가기 위한
하나의 과정일 뿐이니까.

천천히 걸어도 괜찮아요

산다는 건
문을 여는 일

산다는 건
하나의 문을 열고 새로운 곳으로 들어가
낯선 공기, 낯선 사람들을 마주하며
시간을 보내다

또 다른 수많은 문 앞에 이르면
그중 하나를 열고 나아가야 하는
선택의 연속이다.

아무도 그 안에 무엇이 있는지
누구를 만나게 될지
알지 못한다.

하지만 누구도 그 앞에 망설이며 서 있지 않고
자기가 고른 문을 열고 들어간다.

지금의 삶이 힘들다고 해서
너무 걱정하지 말고
너무 애쓰지 않아도 된다.

지금의 문이 닫히면
또 다른 세상이 기다리고 있다.
그렇게 삶은 흘러가는 것이다.

◊ ◊ ◊
◊

왜
사냐고
묻는다면

살아가는 이유에 대해 고민하지 말자.
살아가는 데는 이유가 없다.
이유를 찾으려고 하면 더 찾을 수 없을 것이다.

그저 오늘 하루를 어떻게 보낼 것인가 생각하고
내가 즐거운 일을 하고
사랑하는 사람과 마음을 나누며
시간을 허투루 보내지 않으며 살면 된다.

없는 이유를 찾으려고 노력하지 말자.
의미 없는 일에 시간을 쏟으며 살아가는 것만큼
의미 없는 일도 없을 테니까.

◇◇◇◇

그냥
웃어 보이세요

타인의 칭찬에
운이 좋았다며 내 노력을 폄훼할 필요도 없고
그간의 시간들을 주절주절 설명할 필요도 없다.

그냥 웃으며 고맙다 말하면 된다.

사람들은 사실 과정에 큰 관심이 없다.
눈에 보이는 결과만 볼 뿐이다.

과정도 결과도
나의 일일 뿐이다.

그러니 어떤 성과에 대한 칭찬에 목매서
알아주기를 바라며 말을 길게 하기보다
그냥 웃으면 된다.

그것으로 충분하다.

천천히
걸어도
괜찮아요

천천히 걸어보자.
빨리 달린다고 해서 달라지는 건 없다.
사고의 위험만 커질 뿐이다.

천천히 간다고 해서
게으른 것도
뒤처지는 것도 아니다.

하늘의 구름도 보고
불어오는 바람도 느끼면서
천천히 걸어보자.

빨리 가면 놓치는 것들이 반드시 있고
천천히 가면 많은 것들을 볼 수 있다.

천천히 많은 것을 보아야
살아 있음을 온전히 느낄 수 있다.
행복을 지나치지 않을 수 있다.

천천히 걸어도 괜찮아요

당신의
삶은
아름다워요

지난날의 삶이 행복하지 않았다고 해서
가진 것이 부족했다고 해서
지금 미래가 불투명해 보인다고 해서
내 삶이 계속해서 힘들 거라 단정하지 말자.

돌이켜보면 즐거웠던 날도 있고
힘들던 날 함께 시간을 보내준 이들이 있다.

힘들다 생각하면 힘들 것이고
할 수 있다 생각하면 할 수 있다.

너무 많은 것을
단숨에 가지려 하지 말고

너무 멀리 있는 것에
빠르게 다가가려 무리하지 말자.

시간은 거짓말을 하지 않고
모든 결과에는 그만큼의 정성이 깃들어 있다.

희망을 가지고 내 보폭에 맞춰
조금씩 움직여보자.

천천히 걸어도 괜찮아요

삶에
지친
나에게

삶의 무게에 지쳐 있다면
이겨내라고 다그치며
자신을 벼랑 끝으로 내몰기보다

잠시 숨을 쉴 수 있는
공간을 마련해주어야 한다.

삶은 이겨내는 것이 아니라
순응하며 살아가는 것이다.

내 안의 내가 행복해야,
나와의 관계가 원만해야

방향을 잃지 않고
원하는 삶을 살 수 있다.

세상에서 가장 소중한 내가
외로움에 익숙해지지 않도록
다정하게 대해주길 바란다.

인정받기 위해
애쓰지 말아요

다른 사람에게
인정받기 위해 애쓰며 살지 말자.

내가 어떤 모습이든
사람들은 나에게 큰 관심이 없다.

타인의 기준에 나를 맞추고
다른 사람과 나를 비교하며
내 가치를 저울질하는 바보 같은 짓은
인생을 멍들게 한다.

중요한 것은
내 내면이 얼마나 건강하고
깊이 있는가에 있다.

밝은 미소와 환한 얼굴보다 귀한 명품은 없다.
시간이 지나면 버려질 것들로 뽐내기보다
언제나 따뜻한 마음으로
상대의 마음에 좋은 기억으로 남자.

미워하는
마음에 대하여

얼마나 오랫동안
미움을 품고 살 수 있을까.

누군가를 미워하는 일은 나의 일이지
미움받는 사람의 일이 아니다.

누군가를 미워할수록 생기는 화는
미움받는 사람에게 생기는 것이 아니라
내 가슴에 생기는 것이다.
내 마음에 멍이 드는 것이다.

멍도 오래되면 상처가 되고 병이 된다.
그러니 누군가가 밉다고 해서
그 사람을 마음에 안고 살지 말자.

결국 그 사람을 놓아주는 것도
나의 몫이니까.

◇ ◇
◇ ◇
◇

괜찮다
괜찮다

나의 행복을 책임지는 일은
오롯이 나의 몫이다.

과거와 타인의 시선에
얽매이지 말고 지금을 살자.

너무 많은 생각들을
짊어지고 망설이지 말자.

어떤 선택을 하든
하나의 과정일 뿐이다.

아픔도 슬픔도 사람도
모두 시간 속에 걸러진다.

그러니 나를 믿고 나아가자.
내가 괜찮으면 모두 다 괜찮아질 것이다.

◇
◇
◇

인연은
알 수 없는 것

세상의 모든 것이 영원하지 않듯
사람과의 관계도 마찬가지다.

하지만 사람은 언제 어디서
다시 만나게 될지 모른다.

그래서 인연은
시작보다 끝이 중요하다.

화가 난다고 해서
추악한 모습을 보이지 말고
좋다고 혼자서 붙들고 늘어지며
질리게 만들지 말아야 한다.

관계의 끝에서는
적당히 물러서서 잘 보내줄 줄도
알아야 한다.

다시 만나고 싶지 않아도
꼭 다시 만날 것처럼 말이다.

천천히 걸어도 괜찮아요

◇
◇
◇
◇

너무
걱정하지 않아도
돼요

과거에 대한 기억도
미래에 대한 기대도
현재의 나를 반영한 것이다.

과거에 얽매여 고통받는 것도
미래에 대한 두려움으로 망설이는 것도
오늘을 살아가는 나의 몫이지만

생각대로 인생이 살아지지 않는 것처럼
지나가버린 과거가 돌아오지도
상상대로의 미래가 다가오지도 않는다.

지금을 충실히 살아간다면
너무 걱정하지 않아도 된다.

오늘을 미래의 후회로 남기지 않으려면
지금 이 순간에 집중하면 된다.

그냥
좋아하는 일을
하세요

어떤 길로 가야할지 모르겠을 때
좋아하는 일에 한번 집중해보길.

시간을 내어
좋아하는 일에 몰입하는 일은
당장의 성과가 없더라도 괜찮다.

충분히 즐거울 수 있다면
그만큼 성장할 것이다.

성과에 집착하지 말고
조금씩 원하는 만큼
그저 꾸준히 즐겨보기를.

천천히 길어도 괜찮아요

모든 것은
지나가는
찰나일 뿐

너무 행복해서
붙잡고만 싶었던 순간이나

힘에 겨워 모든 것을
놓아버리고 싶었던 순간도

결국 모두 다
지나간다.

순간의 감정을 억지로 붙들려고 하기보다
그냥 그 순간을 충분히 즐겨라.

행복하다고 해서 마냥 행복할 수도 없고
슬프다고 해서 계속 슬프지도 않다.

모두가 지나가는 찰나일 뿐이다.
지금을 온전히 살아가면 된다.

말없는
위로

가끔 마음이 힘들거나 불안한 날
누군가 아무 말 없이
곁에 있어줬으면 좋겠다.

무엇이 문제인지
어떤 마음인지 묻지 않고

위로의 말을 하거나
해결해주려 소란 떨지 않고
등 두드리거나 안아주지 않고

그냥 곁에서
내가 혼자가 아니라고
살며시 느끼게 해줬으면 좋겠다.

위로는 꼭
어떤 행동이나 말을 하지 않아도
단지 곁에 있는 것만으로 충분함을
아는 사람이면 좋겠다.

당연한 건
없다는 생각

꼭 좋은 게 좋은 것이 아니고
나쁜 게 나쁜 것도 아니다.

상황에 따라
상대에 따라
다를 뿐이다.

무엇이든지 쉽게 단정지으면
운신의 폭은 그만큼 좁아진다.

인생에서 해볼 수 있는 것이
크게 줄어들어 재미가 없어질 수도 있다.

당연한 게 당연하지 않을 때도 있고
당연하지 않아 불편할 때도 있지만
당연하지 않아 새로울 수 있다.

천천히 걸어도 괜찮아요

너의 행복이
나의 행복

　　　내 불행이 타인의 행복일 수 없듯이
　　　내 행복이 타인의 불행일 수 없다.

　　　다른 사람에게 상처줌으로써
　　　위로받으려고 하지 말자.

　　　누군가를 영원히 미워하면서 살 수 없다.
　　　상처는 상처를 주면서 치유되지 않는다.

　　　타인의 행복을 빌어줄 때
　　　나도 행복할 수 있다.

천천히 걸어도 괜찮아요

진정한
친구란

인생에서 얼마나 많은 사람들을
알고 있느냐는 중요하지 않다.

휴대폰에 언젠가 저장된
언제 연락했는지 기억나지도 않는
누군지도 모를 수많은 연락처의 목록은
진작에 버렸어야 할 쓰레기와 같다.

인생에 더없이 기쁜 날이나
모든 것이 힘에 겨워 주저앉고 싶은 어느 날
언제고 연락하면 반갑게 맞아주는 친구 하나 있다면
그것이 살아갈 힘이 되어줄 것이다.

많은 사람을 곁에 두려 하지 말고
누군가를 곁에 묶어두려 하지 말고

보고 싶은 누군가가 생각 나는 날
망설임 없이 연락해 안부를 물을 수 있다면
내 소식을 전할 수 있다면
삶은 충분히 괜찮다.

그 마음의 온기를 나누는 것만으로
우리는 충분히 행복해질 수 있다.

◇ ◇ ◇ ◇

살아 있는 한
인생은
봄

너무 늦었다고
망설일 이유도

내 모습이 초라하다고
창피해할 이유도 없다.

언제 피어나든
어떤 모습으로 피어나든

그저 살아 있다면
꽃을 피울 수 있다면

언제나 인생은
아름다운 봄을 살고 있는 것이다.

따사로운 햇살 아래
내 모습 그대로 환하게 웃으며

바람에 나를 맡기면
다시 희망을 꿈꿀 수 있다.

◇◇◇

빛나는
내가 되는
방법

나를 빛나게 하는 것은
잘 차려 입은 좋은 옷이나
화려한 액세서리가 아니다.

꼿꼿하게 등을 세우고
가슴은 넓게 펴고
환하게 웃는 당당한 모습에서
사람들은 나에게 호감을 갖는다.

내 진짜 모습이 아닌 껍데기로
나를 포장하려 하지 말고

아는 척하기 위해
쓸데없이 엉뚱한 이야기를
길게 늘어놓을 필요가 없다.

남과 비교하며
스스로를 작게 만들어 기죽지 말고

자신감 있게
있는 그대로의 나를
솔직하게 드러내보자.

그런 모습이
매력적으로 보여질 때
진정 빛나는 내가 된다.

◇ ◇ ◇
◇ ◇

행복은
매일의 마음에
달렸다

행복은 어떤 성과를 이루었을 때
갑자기 찾아오는 것이 아니다.
행복은 평소에 어떤 마음으로 사는지가
중요하다.

가벼운 스트레칭으로 하루를 시작하자.
이불 위에서 일 분이면 충분하다.

거울을 보고 소리내어 웃지 않더라도
의식적으로 미소를 지어보자.

가슴을 펴고 당당한 모습으로
밝은 표정으로 걸어보자.

항상 주변을 정리하고
불필요한 것들은 버리자.

나를 드러내려고 하지 말고
남을 존중하고 인정하자.

남을 비난하지 말고
남을 비난하는 사람을 멀리하자.

힘들다고 생각하지 말고
조금 더 나아지고 있다 생각하자.

어떤 일이든 긍정적으로 생각하고
항상 감사한 마음으로 임하자.

살아가면서 좋은 일은 갑자기 오지 않는다.

매일 반복되는 일상을
어떤 태도로 대하느냐에 따라
더 나은 선택을 할 수도 있고

좋은 사람도 좋은 일도
함께 찾아올 것이다.

딱
나만
생각하기

나를 이기적이라고 생각해도 괜찮다.

하고 싶지 않은 것은 하지 않고
아닌 것은 아니라고 말하고
보고 싶지 않은 사람은 보지 않고
나를 힘들게 하는 부탁은 거절하고
다른 사람 때문에 나를 희생하지 않고
남이 어떻게 살든 신경 쓰지 않고

오직 나만을 위해서
내 행복을 위해서 살아가자.
그렇게 살아가고 싶다.

◇◇◇◇

그렇게
살고
싶다

언제나 '할 수 있다'는 마음으로
살아갈 수 있다면 좋겠다.

작은 것에 감사할 줄 아는 넓은 마음,
남의 작은 실수를 웃어넘길 수 있는 아량,
솔선수범하여 남을 돕는 여유,
매사에 망설이지 않는 적극적인 태도,
능동적으로 자기의 일을 해내는 능력을 가지고

늘 깨어 있으며
항상 웃음이 넘치는 사람이고 싶다.

가진 것으로 자기를 드러내지 않는
그런 맑은 마음으로 살아가고 싶다.

내 마음의
자유를 위한
인생 조언 30

타인에게 인정받기 위해 애쓰며 살기보다
나를 스스로 인정하는 삶을 살자.

행복은 소란스럽지 않게
아주 작은 것에서 시작된다.

천천히 많은 것을 보아야
살아 있음을 온전히 느낄 수 있다.

말은 길지 않을수록 좋고
많이 하지 않을수록 이롭다.

나를 포기하지 말자.
있는 모습 그대로 솔직하게 살아가자.

묵묵히 나의 길을 가라.

먼저 나의 결점을 받아들여야
나를 더욱 발전시킬 수 있다.

의심하지 말고 현재에 집중하자.

지금 이 순간에도 충분히 행복할 수 있다.

사람들이 나에게 어떤 말을 하든
나는 변하지 않는다.

나는 내 안에 있다.

놓지 못하면 결국 후회로 남고
놓아버리면 새로운 세상을 만날 수 있다.

내 인생의 가장 젊은 시간인
바로 지금 움직여야 한다.

너무 조급해하지 말고
차분히 나만의 시간을 살아가길.

누군가를 미워하는 일은 나의 일이지
미움받는 사람의 일이 아니다.

좋았든 나빴든 모두
살아가기 위한 과정일 뿐이니까.

지금까지 살던 대로 멈춰 있지 말고
앞으로 살고 싶은 대로 움직이자.

마음 먹은 일은 용기 있게 하고
내가 만족할 수 있을 때까지 해보자.
망설이다 후회하는 것보다 해보고 실패하는 것이 낫다.

완벽히 준비된 때는 오지 않는다.
시작하고 싶다는 생각이 들면 일단 움직여보자.

마음은 나중이 없다.
지금의 마음은 지금 표현해야만 소용이 있다.

설렌다고 함부로 달려들지 말고
싫다고 해서 마음의 문을 닫지 말자.

사람의 마음은 오직 마음으로 얻을 수 있다.

사람 관계에서 상처받지 않는 법은
'그럴 수도 있지' 하고 생각하는 것이다.

가장 빛나는 별은 아직 발견되지 않았고
내 인생의 최고의 날은 아직 오지 않았다.

단정하면 이어갈 수 없지만
인정하면 이어갈 수 있다.

좋은 사람처럼 보이기 위해 웃으며 그냥 넘어가지 말자.
나를 함부로 할 수 없다는 것을 명확하게 일러주자.

살면서 만나는 모든 사람과
인연을 이어가려고 노력할 필요도 없고
영원히 이어갈 수도 없다.

부자처럼 보이기 위해 애쓸 시간에
내가 하고 싶은 일을 할 수 있는 시간 부자가 되자.

넓은 세상에서 많은 경험을 하며
신선한 충격 속에 살자.

내 삶의 태도가 마음의 길이 된다.
그 마음의 길로 인생은 흘러간다.

마음의 자유
© 정윤, 2023

초판 1쇄 발행 2023년 6월 12일
초판 3쇄 발행 2023년 8월 18일

글 정윤
기획편집 이현주
디자인 Design IF
사진 김보성 @record_p_
콘텐츠 그룹 한나비 이가람 이현주 박서영 전연교 박영현 문혜진

펴낸이 전승환
펴낸곳 북로망스
신고번호 제2019-00045호
이메일 book_romance@naver.com

ISBN 979-11-91891-35-5 03810